Publié par Scholastic, Inc. Distribué au Canada par Grolier.

ISBN 0-7172-4142-4

Dépôt légal 4e trimestre 2005
Bibliothèque nationale du Québec

Imprimé aux États-Unis

C'est un été splendide dans la forêt des Rêves bleus. Mais tout change un beau matin. Petit Gourou dort profondément quand soudain, il est réveillé par un étrange bruit de trompette.

TA-ROUUUUUT!

«Que se passe-t-il?» se demande Petit Gourou, en jetant un regard par sa fenêtre. Dehors, Winnie court, tenant fermement un pot de miel. Il est suivi de Porcinet qui, l'air effrayé, tient une couverture. Tigrou bondit à leur suite un cadre autour du cou!

«Où courez-vous comme ça?» leur crie Petit Gourou.

«Chez Coco Lapin», répond Porcinet. «Lui saura quoi faire!»

Petit Gourou salue sa maman, Grand Gourou, et court rejoindre ses amis chez Coco Lapin.

« Qu'avez-vous tous à crier comme ça ? » demande Coco Lapin, d'une voix endormie, en leur ouvrant la porte. Ses amis lui expliquent qu'un étrange bruit de trompette les a effrayés, au point où l'Ourson a trébuché sur un pot de miel, Porcinet a foncé sur le linge suspendu à sa corde à linge, et un tableau est tombé sur la tête de Tigrou.

Petit Gourou repère alors une énorme empreinte de pied.

«Quelle sorte de créature, est-ce que tu supposes, peut être rattachée à un pied aussi grand?» demande Winnie.

«Il ne peut s'agir que d'une seule chose: un éfélant!» déclare Coco Lapin.

«Ooooh!» s'exclament-ils tous, sauf Petit Gourou, qui demande: «Excusez-moi, mais qu'est-ce qu'un éfélant?»

«Ça a des cornes et une queue pointue», répond Tigrou.

«Et ils sont dangereux», poursuit Coco Lapin. Aucun d'entre eux n'a jamais vu d'éfélant, mais ils s'entendent tous pour dire que ce sont de terribles créatures.

«Et ils vivent là, juste à côté, dans le Repaire des Éfélants», rajoute Coco Lapin.

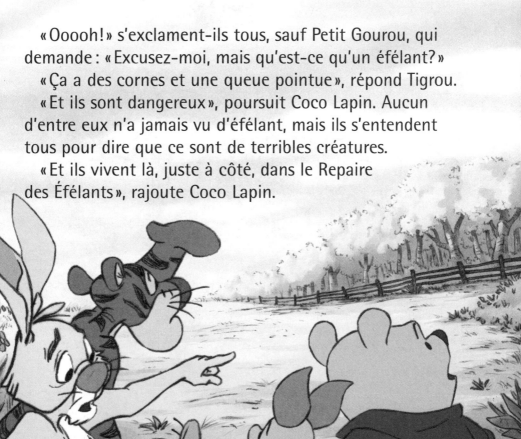

Coco Lapin annonce alors qu'ils doivent partir en expédition pour capturer l'éfélant. Tout le monde va chercher son équipement de chasse à l'éfélant.

Petit Gourou revient avec une corde, mais Coco Lapin lui annonce qu'il ne pourra pas participer à l'expédition. «C'est trop dangereux, et tu es trop jeune. Je suis désolé», dit Coco Lapin.

Petit Gourou aurait aimé être un adulte pour partir à la chasse à l'éfélant.

Le lendemain matin, les chasseurs d'éfélant partent
en expédition. Ils atteignent bientôt la clôture qui
sépare la forêt des Rêves bleus du Repaire des Éfélants.

« Et maintenant, rappelez-vous que le plus important,
c'est de rester tous ensemble ! » dit Coco Lapin.

Un après l'autre, les chasseurs d'éfélant franchissent
la clôture — à l'exception de Bourriquet. « Surtout, ne
m'attendez pas », lance-t-il à ses amis.

Pendant ce temps, Petit Gourou, qui veut prouver à tous son courage, décide d'aller lui-même capturer un éfélant. Il saisit sa corde et saute dans le Repaire des Éfélants. Soudain, il a l'impression que quelqu'un — ou quelque chose — le suit!

Petit Gourou poursuit sa route. Le bruit est de plus en plus près. Tout à coup, quelque chose lui tapote l'épaule!
«Aaaaaah!» hurle Petit Gourou.

«C'est toi le chat!» dit une voix. «C'est toi qui m'attrapes!»
Petit Gourou ne distingue qu'une ombre dans l'obscurité.

«Tu ne veux pas jouer?» demande la voix.

«Non, je dois attraper un éfélant», répond Petit Gourou.

Soudain, une mignonne créature ressemblant
à un éléphant jaillit de l'obscurité. «Tu peux
m'attraper», dit la créature. «Je m'appelle
Lumpy et je suis un éfélant!»

Petit Gourou n'en croit rien, les éfélants sont effrayants alors que celui-ci a l'air très gentil. «Toi, un éfélant?» s'étonne Petit Gourou.

«Ma maman dit que j'en suis un», rigole Lumpy.

«Si tu es un éfélant, alors où sont tes cornes et ta queue pointue?» lui demande Petit Gourou.

Lumpy hausse les épaules. «Je n'en sais rien. Wow! une queue pointue? J'aimerais en avoir une.»

«Si tu es un éfélant, dans ce cas... je te capture!» s'écrie Petit Gourou en attrapant Lumpy au lasso.

Lumpy s'éloigne alors gaiement en tirant Petit Gourou derrière lui.

«Arrête!» crie Petit Gourou. «C'est toi qui dois me suivre, parce que... parce que je suis un adulte.»

«Un adulte?» répète Lumpy. «Tu dois avoir ton propre cri alors.»

«Mon cri?» Petit Gourou ne comprend pas.

«Oui, comme ça», explique Lumpy. Il soulève sa trompe et tente de barrir, mais il ne réussit à émettre que de petits sifflements.

C'est alors que retentit un véritable barrissement.

« Je dois y aller maintenant. Mamam m'appelle », dit Lumpy.

« Attends, ne pars pas tout de suite. Allons voir mes amis avant », le retient Petit Gourou.

« Je ne sais pas... » Lumpy hésite.

« Je t'en prie », le supplie Petit Gourou.

« D'accord », accepte Lumpy. Et les deux se dirigent vers la forêt des Rêves bleus.

Pendant ce temps, Tigrou et Coco Lapin sont cachés dans des buissons. Coco Lapin tente d'attirer l'éfélant en lançant son cri de l'éfélant : « *Brourououou. Brourououou!* »

Le son résonne dans toute la forêt. « Quel son terrifiant! » dit Porcinet, en frissonnant.

Bravement, l'Ourson et Porcinet se dirigent vers le son.

« Tu le vois? » demande Porcinet.

« Je vois une queue », murmure Winnie.

« Il y a des cornes, aussi? » veut savoir Porcinet.

« Oui, il y en a une paire », répond Winnie.

Les deux amis s'élancent.
«Au nom de la forêt des Rêves
bleus, nous vous capturons!»
s'écrient fièrement Winnie et
Porcinet. Puis ils examinent
leurs prises.

«L'Ourson, tu avais remarqué
que les éfélants ressemblaient
aux lapins?» demande Porcinet.

«Et pourquoi crois-tu donc
cela, Porcinet?» s'écrie Coco
Lapin, furieux.

«S... Seigneur! L'éfélant
connaît mon nom!» dit
Porcinet, haletant.

Winnie lève les yeux
vers son piège. «Ah,
quelle surprise, Tigrou!
As-tu vu par hasard
l'éfélant que je viens de
capturer?» demande
innocemment Winnie.

Pendant ce temps, à la clôture qui sépare la forêt
des Rêves bleus du Repaire des Éfélants, Lumpy hésite.
«Je ne suis pas censé aller dans cette partie de la forêt»,
dit-il. «Il y a des choses effrayantes qui vivent là-bas.
Il y a une chose à rayures qui saute partout.»

«C'est Tigrou», explique Petit Gourou.

«Il y a aussi ce petit monstre rose qui crie et gesticule
tout le temps», poursuit Lumpy.

«Oh, ça c'est Porcinet. Mais il n'est pas méchant. Aucun
de mes amis est méchant», le rassure Petit Gourou.

«Il n'y a absolument rien d'effrayant ici»,
promet Petit Gourou à Lumpy.

«Promis?» demande Lumpy, d'une petite voix.

«Promis!» répond Petit Gourou.

Sur ce, et avec un peu d'aide de Petit Gourou,
Lumpy franchit la clôture menant à la forêt des
Rêves bleus.

Lumpy et Petit Gourou arrivent bientôt à la maison de Winnie.

«On dirait qu'il n'y a personne», constate Petit Gourou, en jetant un coup d'œil à l'intérieur. Mais Lumpy a senti l'odeur de miel. Et c'est l'heure de la collation!

«Attends! C'est à l'Ourson ce miel!» s'écrie Petit Gourou, au moment où Lumpy se sert. Puis il hausse les épaules. «Bah, je crois qu'il ne dira rien.»

Lumpy et Petit Gourou n'en avaient certes pas l'intention, mais ils mettent la maison de Winnie sens dessus dessous.

Puis ils se rendent chez Coco Lapin, qui n'est pas à la maison non plus. Et Lumpy ne peut résister aux melons d'eau du jardin de Coco Lapin.

« Ils ne doivent pas être rentrés de l'expédition », dit Petit Gourou, en constatant l'absence de ses amis.

Pour rire, Petit Gourou crache un pépin de melon vers Lumpy.

Lumpy éclate de rire. «Oh, ouais!» Il avale un melon d'eau en entier et crache les pépins en direction de Petit Gourou. *Ra-ta-ta-ta-tat!*

Il s'ensuit une folle bataille de nourriture!

Encore une fois, Lumpy et Petit Gourou n'en avaient certes pas l'intention, mais ils saccagent le jardin de Coco Lapin. Et eux, ils sont tout tachés!

« Ma maman ne sera pas très contente », dit
Lumpy, en se regardant.

« Ma maman non plus », renchérit Petit Gourou.
« On ferait mieux de se laver. » Et il sait exactement
ce qu'il faut faire.

Petit Gourou conduit
Lumpy à un étang. «On fait
la bombe!» crie Petit
Gourou, en sautant à l'eau.
Lumpy se met à rire et
saute à son tour.
Les deux amis s'amusent
comme des fous dans l'eau.

Puis Lumpy entend à nouveau l'appel de sa maman. Il doit rentrer. Petit Gourou retire la corde de son cou.

«Voilà, tu n'es plus capturé, Lumpy», dit doucement Petit Gourou.

Les deux amis se sourient. Puis ils se dirigent vers le Repaire des Éfélants où Lumpy pourra retrouver sa maman.

Pendant ce temps, les chasseurs d'éfélant sont revenus dans la forêt des Rêves bleus. «Eh bien, pour tout dire, cette expédition a été un grand succès», déclare Coco Lapin. «Regardez autour de vous! Il n'y a aucun éfélant, n'est-ce pas?»

Coco Lapin repère alors des empreintes d'éfélant... qui mènent directement à la maison de Winnie.

À l'intérieur de la maison, il y a des pots de miel cassés partout.

Winnie soupire. « Oh, c'est ennuyeux. Je ne crois plus que notre expédition soit un grand succès. »

« Coco Lapin ! » crie Tigrou, en arrivant chez Coco Lapin.

Coco Lapin ne peut que constater les dégâts dans son jardin. « Les éfélants sont parmi nous ! » s'écrie Coco Lapin, avec horreur.

« C'est une invasion ! » rajoute Tigrou.

« Nous sommes pris au piège ! » renchérit Porcinet.

« C'est ça ! » s'écrie soudain Coco Lapin. « Il nous faut des pièges ! »

Tout le monde se met au travail pour construire des pièges à éfélant. Porcinet creuse un trou profond et le couvre de branches. Winnie construit une cage avec des bâtons et place à l'intérieur un pot de miel pas tout à fait vide qui servira d'appât.

«Admirez ça!» s'exclame Tigrou. «Un super-géant-
extra-patant-et-trac-à-nard piège à éfélant!»

«Maintenant, attendons l'assaut!» ordonne Coco
Lapin, une fois tous les pièges terminés.

C'est alors qu'arrive Grand Gourou. «Est-ce que
l'un d'entre vous aurait vu Petit Gourou?»
demande-t-elle. «Il devrait être à la maison déjà.»

Mais personne ne l'a vu de toute la journée.

Entre temps, dans le Repaire des Éfélants, Petit Gourou et Lumpy entendent à nouveau le barrissement de la maman de Lumpy.

«Je dois vraiment rentrer maintenant», dit Lumpy, anxieusement. «Elle semble inquiète.»

«Je vais t'aider à la retrouver», propose Petit Gourou.

Les deux amis s'enfoncent dans la forêt et cherchent partout. En vain. Lumpy tente alors de l'appeler, mais il n'arrive à pousser qu'un faible sifflement.

«Madame Éfélant! Madame Éfélant!» appelle Petit Gourou. Mais la maman de Lumpy reste introuvable.

34

Au bout d'un moment, Lumpy renifle. «On n'entend plus ma maman depuis très très longtemps», dit tristement l'éfélanteau, en s'assoyant.

Petit Gourou tente de le réconforter. Mais ça ne sert à rien.

«Je veux ma maman», pleure Lumpy.

«Moi aussi», répond Petit Gourou. «Eh, attends! Ma maman, elle saura quoi faire. Allez, suis-moi!» Et les deux amis retournent dans la forêt des Rêves bleus.

Peu de temps après, ils trouvent Grand Gourou et tous les amis de Petit Gourou. Mais en voyant Petit Gourou en compagnie d'un éfélant, tout le groupe est pris de panique.

« Il détient Petit Gourou! » hurle Coco Lapin. Ils s'élancent tous vers l'éfélant avant que Petit Gourou puisse intervenir.

Lumpy s'enfuit dans la forêt pour tenter de leur échapper.

« Non! Attendez! » crie Petit Gourou. « C'est Lumpy. »

Petit Gourou court derrière Lumpy et le retrouve, prisonnier d'un des pièges. Lumpy pleure.

«Tu as dit qu'ils ne me feraient pas peur», hoquète Lumpy. «Tu as promis.»

Petit Gourou est triste. «Je suis désolé.» Il grimpe alors au sommet de la cage et dénoue les cordes pour libérer Lumpy.

Cachée derrière les buissons, Grand Gourou a tout vu. Comme elle est fière que son fils n'ait pas abandonné son nouvel ami.

À ce moment, les chasseurs d'éfélant arrivent.
Voyant Petit Gourou dans les bras de l'éfélant, ils croient
que ce dernier le retient.

  «Relâche mon copain bondisseur, espèce d'éfélant
chenapardeur!» crie Tigrou.

  Tout le groupe encercle le pauvre Lumpy, qui est terrifié.

  «Laissez-le tranquille!» les supplie Petit Gourou. «Vous
      lui faites peur.»

Grand Gourou intervient. « Coco Lapin, mais qu'est-ce que vous faites là ? » demande-t-elle.

« On libère Petit Gourou de cet éfélant ! » répond Coco Lapin.

« On s'est mépris sur les éfélants », proteste Petit Gourou. « Ce ne sont pas des créatures effrayantes. Ils sont comme nous autres. Lumpy est mon ami », ajoute Petit Gourou. « Vous devez le *décapturer.* »

Mais Lumpy a toujours peur et il perd pied au bord d'une falaise.

«Lumpy!» s'écrie Petit Gourou, en attrapant la corde. Lumpy réussit à se cramponner, mais Petit Gourou est projeté dans les airs. «Aaaaah!» crie Petit Gourou. Il atterrit sur une pile d'arbres morts au pied de la falaise.

«Petit Gourou!» Grand Gourou est folle d'inquiétude. Les amis de la forêt des Rêves bleus tentent de le secourir, mais ils n'arrivent pas à l'atteindre. Et ils sont incapables de déplacer les lourds troncs d'arbre.

«Tiens bon, Petit Gourou», lui dit Lumpy. Il a un idée pour aider son ami.

Lumpy court à la limite de la forêt, lève sa trompe et souffle de toutes ses forces. Pour la première fois, l'éfélanteau barrit! *TA-ROUUUUUT!*

Il a enfin trouvé son cri d'éfélant, au moment où il en a le plus besoin.

Maman Éfélant répond à l'appel de son fils en barrissant à son tour. Elle s'amène aussitôt à la rescousse, heureuse de retrouver son petit Lumpy sain et sauf.

« Je vais bien, maman. Mais mon ami Petit Gourou est en danger », lui explique Lumpy.

Lumpy conduit sa maman au bord de la falaise. Maman Éfélant déplace aisément les troncs d'arbre où est coincé Petit Gourou. Puis elle prend délicatement Petit Gourou avec sa trompe et le porte jusqu'à Grand Gourou.

« Elle a réussi ! » s'écrie Lumpy, tout fier.

«Mon chéri!» dit Grand Gourou, en serrant son fils dans ses bras.

Les amis de la forêt des Rêves bleus comprennent alors qu'ils avaient tort au sujet des éfélants. Coco Lapin et tous les autres présentent leurs excuses à Lumpy.

«Lumpy, mon chéri, on doit partir maintenant», dit Maman Éfélant.

«On ne peut pas rester encore un peu?» demande Lumpy.

«Dites oui, s'il vous plaît?» la supplie Petit Gourou.

«Eh bien, je ne vois pas pourquoi je refuserais», acquiesce Maman Éfélant.

«Pourquoi pas, en effet», renchérit Grand Gourou. Maman Éfélant enserre Grand Gourou avec sa trompe, et tout le monde pousse des cris de joie.

«En avant les bonds!» s'écrie Lumpy. Et les deux nouveaux amis s'élancent gaiement, en riant.

ŒIL de LYNX

À toi de partir en expédition dans le Repaire des Éfélants. Tente de retrouver ces images dans le livre.